東京四季出版

句集

風韻抄《ふうゐんせう》

永井江美子

目次

装幀　高林昭太

句集

風韻抄

ふうゐんせう

烈しきまなこ

裸木や父系母系の血の匂ひ

おもひでの家のなかまで春の雲

わだなかの闇が曳きゆく春の家

しろつばきうしろ烈しきまなこかな

三月の海を見て来た赤ん坊

存へてしだれさくらとなりにけり

少年に羽の生えくる山桜

芽吹くもの芽吹き死触れ届きけり

をとこかな八十八夜まさびしき

十薬のいつはりのなき白さかな

ほうたるやすこし濡れたる身八つ口

狂ひつつまた越えてゆく夏の蝶

うつくしき翅かさねあふ夏の蝶

蟬穴やもぬけのからといふ言葉

夏が逝くやうに木橋を渡りけり
酔芙蓉かはたれどきを充たしつつ

うたびとのやうに月待つふたりかな

待宵やひそと濡れをる喉仏

木の実落つ黄昏時は火の匂ひ
はらからやこの地たひらに秋の風

木の実草の実かはたれ時の泪かな

父性とはかなしきものよ破蓮

そぼぬれてあなたは秋の停車場

大黒柱なきこの家を初時雨

時雨るるやただ棄郷者としてひとり

無力なる双手北山しぐれかな

机上の紙揃へむとせり年つまる

年の暮ただだよふものを見てゐたり

数へ日や陸《くが》も渚も風の音

うぶすなの木のいつぽんの淑気かな

ひらくまでおのれ知らざり寒椿

寒月の浮かびあざやかなる悪意

雪しまく花折峠燃ゆるかに
埋み火のかすかに残る母の家

消壺に火色とどまる朝《あした》かな

どこからか流れ来東風と黒髪と

吹き荒れし東風をひとつの夢とせむ
百年に百たび納む雛かな

ただ揺れていつしか風となりし藤
かぎろひの身のをちこちのまくらがり

深深と花の夢中のなかに居り

晩春やうしろよりくる猫車

幽かなるもの寄せ来るや海酸漿

新茶汲むどこにでもゐる母の夜に

蹲に水湛へられうすごろも
揺蕩へる母の淵なり六月は

あぢさゐや父にかなしきひとところ

声明の阿弥陀ヶ滝となりにけり

いきものの翳を映せりあめんぼう

羅に水の記憶の残されし

芭蕉布や宿りしものの重かりき

青鬼灯ひとり炎を抱きゆけり

抽斗に呼び鈴のあり麦の秋

永遠の色なる白や沙羅の花

狐雨大叔母恋をうたひけり

透き通るもの羽撃くや夏しぐれ

うつくしき手より形代水底へ

夜濯ぎやいまも誰かが子守歌

ちちははの翳にあかるき日照雨かな

夏草の匂ふ腕を枕とす

夕端居すでに定まりをりしかな

掛けられて耀きにけり単衣帯

汀まで虹立つあの日あなたは
苦渋なる詩歌の言葉蟬しぐれ

海に死を契りし人や晩夏光

はらからのひとりづつ来る夜念仏

地平線はらからの居て稲光

十六夜の今このときを愛といふ

まなざしは遠きものへと風の盆

日蝕の真下やわれら泡立草

指に髪絡ませ秋を惜しみけり

恋文のまだ読まれずに月天心

うたびとに観月楼の無音かな

逝くときの羽汚さずや秋の蝶

蜻蛉集ふこの山襞を風の道
響くもの韻かせ秋の雨となり

かのひとの痩身はげし曼珠沙華
わたくしのなかのあなたへ秋の風

秋水を織りつつ乙女となる少女

病窓の男らにこそ十三夜

星月夜かなはぬ夢のひとつあり

母のもの着て結縁の紅葉山

水底へ裏返りつつ櫨紅葉

夜寒てふ指の辿るや伊賀の国

けごろもをまとひ越え行く国境
初しぐれいつしか音となりにけり

時雨くるはるかなものが来るやうに
飛驒は雪あさなあさなの旅心

石仏の滅び北山時雨かな

箸揃へ遣らずの雪の降りにけり

雪しまく愛のことばがあるやうに
後《のち》の世の我が蓬髪を凩《かぜ》の音

冬木立整然と影伸ばしゐし

牡蠣舟に鋼の水脈のつづきをり

影の振り向く

闇を撞くひとのうしろや去年今年

うづたかき賀状のひとりひとりかな

うつくしきからだを通る寒の水

なごり雪かと野のたひら踏みて佇つ

如月と言ひて拳を解くなり

犬ふぐりふつと哀しき瞳せり

春耕やぁらはになりし国境

恋猫のどこまでも空深くして

鳥と帰る暗き渚を骨の音

恋猫に恋はまぼろしかと問へり

茅花嚙む純粋にして不純なり

積まれては水無月の石ずぶ濡れに

生き残りの男一途に麦の秋

水音のいつも聞こゆる蟬の穴

吊るされて死をこそ思ふ忍かな

みな遠くなりて茅の輪をくぐりけり

形代や流すむかしの恋のこと

やはらかな山の端にのる夏の月

夭折のひかりをひかる青芒

川音の絶えず聴こゆる花茗荷

石臼へ膝つく母や月見草

梅花藻の水奔りつつしづかなり

何もかも捨てて郡上を踊りけり

提灯に灯の入る頃を秋の鬼

葦舟を編みつつ河口みてをりぬ

満月を見てをり別のこと想ふ

月光へふはりと翳す恋衣

露草を咲かす地の霊水の霊

むかご飯ゆつくり嚙めり父母遠し

あかときの野菊にのこる野の匂ひ

ももとせを秘仏のままに秋の虹

朽ちつつも遺る母系や冬桜

組む指へ霜の降りくる磨崖仏

冬紅葉かなしきまでにひとは老い

括られていつしか冬の菊となり

覚めてなほ掌のなかにある雪礫

さりげなくつらぬくことば鎌鼬
葛湯掻く誰かがいつも哀しんで

北窓を塞ぎ一夜を夢の中
大雪の母が母呼ぶ仄あかり

草も木も別るる明日を冱るかな

玲瓏たる風切羽や寒茜

炭熾す少しあの世を知つた夜

うしろ手に歩く伊吹の忘れ雪

遥かより来たりて芹のみどりなる
流されてゆく水底も弥生かな

悲と書きし指《および》濡れをり初さくら
手のひらに溢るる時間養花天

落花かなし今も磧は濡れをるに

母追へば三河八橋かきつばた

光芒を曳きし蛇口や青嵐
滴りのつひに流れとなりにけり

なめくぢり流れし銀を夜の底

麦星や遠きをとこへ置手紙

迸る水を含みし祭笛

篝火に鵜の眼の燃えてをりしかな

広島へ行くといふ友油照り
つゆくさの露の渇きを悼みとし

月の出や父に昭和の反戦歌

散り切つて銀杏に青き空のこり

降りしきるいちやうの明日や夢のあと

分け入つて羊歯の湿りとなりにけり

降り立てば影の振り向く冬の駅

花《はな》奪《ばひ》の花あざやかに美濃は雪

人日とおもへば遥かなる地平

ほとばしる水体内に明日は春

白梅に遅れて母の逝きにけり

遠ざかる水もまた海春湊

梅真白黄泉平坂抱くごとし

手には手の耳には耳の春の風

行き行きて伊勢古市の梅あかり

蔀戸の奥も弥生の翳りかな

我が生のをはりを桜吹雪かんや
早桜見上げこの世のこと少し

春潮のひきのこしたる言葉かな

逃水や街の外れに母を置く

何か踏む春の蹠《あうら》を遊ばせつ

ゆふづつや指舐め尽す孕み猫

鈴ひとつ掌中にありえごの花

白牡丹こはれゆくとき父の声

女から男へ渡す南風

母の手が茅花流しへ触れゆけり

逆らはず水のままなる金魚かな

海月見る我ら魚族の裔として

緋の海星この夏潮のほか知らず

いまはもう訣るる時を白雨かな

緩やかにをとこ煽れり水団扇

蛇纏れゐる終生をかがやかせ

七月の君うつくしき深海魚

晩夏背に明日死ぬひとの澄んでをり

秋天や中山道の火吹竹

一燭をあなたに手向け秋澄めり

露草やただ静寂のけふをこそ

清貧に甘んじてあり冬の門

風樹

七草の椀に流れし野の時間

はじまりはいつも不思議でどんどの火

雪の国出でゆく鳥の羽繕ひ

わかれ歌けふ凍蝶は父を乞ふ

立春の月の光りに訣れけり

けふよりの春や山《やま》脈《なみ》はるかにて

黄泉の春ゆたかなる髪しんしんと

春潮を見て産土へ帰りけり

悼むときの双手に沓き春霞

はくれんにきのふの影ののこりをり

みやこわすれ摘み流れくる舟を待つ

我といふひとりに気づく緑の夜

空缶を五月の雨で満たしけり

花柘榴はるかに雨を見て咲きぬ

父祖なべて螢火となる系図かな

歌ふやうに囁くやうに水の秋

みづうみの水炎えたたす冬落暉

こんなにも綺麗な青空冬木立

冬菫かの日かの恋悲歌生みぬ

鎮まらぬ月日やけふの寒卵

旅に出る歩幅あざやか飛花落花

封書開く音のかすかに穀雨かな

うづくまる母にきれいな五月来る

梔子の八重も一重も誰の生《しやう》

あなたには風あげませう夏の果

因習の峡の風吸ふ秋の蝶

刎《は》ねられし鹿輝けり行けといふ

とんばうに一瞬とまる風のあり

山峡に今日も火を焚く女郎花

山峡に今日の火を焚く男郎花

どこまでが音そこからの虫しぐれ

吹く風をわが色とせむ藤袴

狂女とも聖女とも見ゆ冬もみぢ

草の子に草の親あり水温む

ゆるやかにまはる石臼桜の夜

春蟬の不意に身に添ふ真昼かな

残花かな闇ゆたかなり土不踏

遠く来て桜あかりの蝶番

美しき死をねがひつつ夏花摘み
なにかひとつ忘れたやうで蟬時雨

水中花咲きつつ沈むわたくし忌

銀漢に洗ふおよびのひとつひとつ

いつの間に霧の向かうで老いにけり
魚籠の鯊この世のことを少しだけ

なにごともなかつたやうに寒満月

影はただ影として在り冬木立

母の忌や紅差し指に寒の紅

野火をはるかに運ばれてゆく柩かな

かげろふを追ひかなしみの袋提げ

口漱ぐ水の甘さや四月尽

紫陽花のまだ色持たず厨の火

老鶯や偕老同穴とは眩し

鵜舟寂光ひたすら舟であり続け

容れものとしての肉体《ししむら》薔薇真紅

ほんたうは影のあなたを抱き緑蔭

遠き日のひとりの真昼かたつむり

荒梅雨やきのふ昂るもの包む

雨に名のあり少年の螢籠

失ひしもののひとつに水中花

泣くこともなく望郷の天の川

ひぐらしや徳山てふ村が在つたに

新涼のひとりは草となりにけり

美ら《ちゅ》秋のいやさかの夢首里炎上

綿虫の無為なるを手に掬ひけり

見下せばここも他郷や冬木立

手枕にのこりし雨も二月かな

野を焼いて帰る漢の風の音

天涯の家族写真や草朧

残生は春の木として風に立つ

火の匂ふ家かぎろひて父と母

母背負ふ途切れ途切れを祭笛

近江路を水のあふるる真桑瓜

いづくへの旅の途中や芒折る

死に真似の姉も枕も露の玉

鬼柚子へむかひしひとり旅人なり

荒海の遥か遠くを柚子湯かな

デラシネの母の白髪除夜の鐘

信じるに足る囀りの朝のこと

抱き合ふからだに死角木の芽雨

逃げ水てふはるか遠くの水の街

弔の家まで茅花流しかな

手を伝ふ水みなづきの蒼さなり

声明の一途にとどく鉄風鈴

ひまはりの空うつくしき破局かな

紺碧の空を脱ぎ捨て蛇とほる

ひやくにちさう百一日を越え生きむ

一瞬のことばとなれり遠花火

失ひし人間の声夾竹桃

残菊の声とも風の嘆きとも

十月桜見上げるに骨正しけり

踏みしだく千草八千草余情なり

たうがらし干され青空さざなみす

月の座のこのしづけさのことばかな

秋天を摑み風樹となりにけり

跋　『風韻抄』によせて

コロナ禍のなか『夢遊び』『玉響』につづいて十一年ぶりに姉の第三句集『風韻抄』を手にすることができた。

題材も広がり語彙もふえて「死」が詠まれた時でさえやさしい光を放つ自在さに、姉を通してしか俳句を享受していない私にも、その成熟ぶりと、七十代に入っても一歩でも先へ進もうとしている気魄に目を見張った。しかも、そんな持続への根源に幼少期の「家」があったことが感得されると、いきおい遠く過ぎ去った日にいざなわれた。

裸木や父系母系の血の匂ひ

我が生のをはりを桜吹雪かんや

庭に古い銀杏の木のあった生家で、血のつながらない祖父母との貧しい暮しは、私にとって心の奥底にふたをして遠ざけてきた暗い記憶であった。

火の匂ふ家かぎろひて父と母
秋天を摑み風樹となりにけり

ご飯も風呂も釜で炊き、火鉢で暖をとっていた景が表出してくると、不思議なことに私には難解で理解がおぼつかなかった句も、句集の中でひびき合って何やらカタルシスのように感受されてくるのだった。
私にとっての『風韻抄』は、姉妹という縁で互いに長い歳月を生きてきて、明日おわるかもしれないという一抹の寂しさを含んだ実りであった。

春雪の秩父にて

千葉ひろみ

あとがき

　その小さな家には覆い被さるような大きな銀杏の古木があった。夏、ゆさゆさと家を揺するような葉は風の記憶となり、秋、屋根を叩いて降る銀杏の実は家のひびきとなった。

　俳句との縁を得て五十余年、いつも身のどこかに遥か昔のこの小さな家と、風の韻きがあった。わが俳句人生を振り返る時、初学の師、中野茂の言葉が沁みて来る。

　――私たちはその風景と対峙した時、その風景が隠し持つ苦悩や哀しさを自己の風景にしなければならない――。

　風の中に立つ小さな家はまさに私の哀しみであり、家の苦悩であった。「韻」という同人誌にかかわっていることもあり、この度の句集名を「風韻抄」とした由来でもある。

第二句集のあとがきに「この世で送るべき人をすべて送った」と感慨を書き、これからは俳句という道連れと共に、如何に自分自身を送るかという思いで、句を綴ってきた十一年であった。それは、充実した時間ではあったが、予期しない悲しみもあった。

一緒に俳句形式に抗いながら同人誌を続けて行こうと言っていた仲間たち、白木忠、中烏健二、水谷康隆、そしてこの度、佐佐木敏を黄泉に送った。彼らは私が送るべき人ではない。只々痛恨の極みであった。この句集に「死」の影が多いのはそんな彼らへの挽歌かもしれない。

私はただひとり、ひっそりと句集づくりを続けてきたが、このような句集の形に纏めて下さった東京四季出版の方々に御礼申し上げます。

令和四年　啓蟄の日に

永井江美子

著者略歴

永井江美子（ながい・えみこ）

昭和二十三年一月九日　愛知県西尾市に生まれる。
昭和四十三年　安城市現代俳句「青の会」入会。俳句を始める。
　　同人誌「橋」、桂信子主宰「草苑」を経て、
平成二十年　「韻」創刊同人、現在、編集長。
中部日本俳句作家会賞、安城市文化協会奨励賞、安城市文化協会賞等。
句集に、第一句集『夢遊び』（平成八年）、第二句集『玉響』（平成二十三年）がある。
現　在
現代俳句協会副会長、東海地区現代俳句協会会長、
日本現代詩歌文学館振興会評議員、安城市シルバーカレッジ講師。
中部日本俳句作家会選考委員、読売新聞「とうかい文芸」選者等。

現住所　〒444-1214　愛知県安城市榎前町西山五〇

現代俳句作家シリーズ　耀 12

句集　**風韻抄**　|　ふうゐんせう

令和 4（2022）年 6 月 11 日　第 1 刷発行

著　者 | 永井江美子

発行者 | 西 井 洋 子

発行所 | 株式会社東京四季出版

〒189-0013 東京都東村山市栄町 2-22-28

電話 : 042-399-2180／FAX : 042-399-2181

shikibook@tokyoshiki.co.jp

https://tokyoshiki.co.jp/

印刷・製本 | 株式会社シナノ

定価はカバーに表示してあります。

ISBN 978－4－8129－0968－3